Vente des Lundi 26 et Mardi 27 Février 1883,

PAR SUITE DU DÉPART DE Mlle ***

HOTEL DROUOT, SALLE No 8.

COLLECTION

DE

TABLEAUX MODERNES

AQUARELLES

OBJETS D'ART

ET D'AMEUBLEMENT

EXPOSITION PUBLIQUE

LE DIMANCHE 25 FÉVRIER 1883

DE 1 HEURE A 5 HEURES.

COMMISSAIRE-PRISEUR

Me PAUL CHEVALLIER, Succ^r de M^e CH. PILLET

10, rue de la Grange-Batelière ;

EXPERTS

Pour les Objets d'Art	Pour les Tableaux et Aquarelles
M. CH. MANNHEIM	M. GEORGES PETIT
7, rue Saint-Georges.	7, rue Saint Georges.

CATALOGUE

DES

TABLEAUX ET AQUARELLES

PAR BARYE, BONVIN, BROWN,
DECAMPS, DIAZ, DUEZ, MARILHAT, MILLET, PETTENKOFEN,
ROYBET, A. SCHEFFER,

MINIATURES, GOUACHES, GRAVURES

OBJETS D'ART

ET D'AMEUBLEMENT

Bijoux; Orfèvrerie; Sculptures; Faïences; Porcelaines de Chine et autres
Bronzes d'art; Bronzes d'ameublement du temps de Louis XVI;
Bronzes de l'Orient;
Meubles Louis XV et Louis XVI en marqueterie de bois
et en bois sculpté; Glaces et Miroirs;

ÉTOFFES ET DENTELLES

DONT LA VENTE AURA LIEU

Par suite du Départ de Mlle ***

HOTEL DROUOT, SALLE N° 8

Les Lundi 26 et Mardi 27 Février 1883,

A deux heures.

———

COMMISSAIRE-PRISEUR

Mᵉ PAUL CHEVALLIER, Succʳ de Mᵉ CH. PILLET

10, rue de la Grange-Batelière;

EXPERTS

Pour les Objets d'Art	*Pour les Tableaux et Aquarelles*
M. CHARLES MANNHEIM	M. GEORGES PETIT
7, rue Saint-Georges ;	7, rue Saint-Georges ;

Chez lesquels se trouve le présent Catalogue.

———

EXPOSITION PUBLIQUE : Le Dimanche 25 Février 1883

De 1 heure à 5 heures.

CONDITIONS DE LA VENTE

La vente sera faite au comptant.

Les acquéreurs payeront cinq pour cent en sus des enchères.

L'exposition mettant le public à même de se rendre compte de l'état des objets, il ne sera admis aucune réclamation une fois l'adjudication prononcée.

Paris. — Typ. Pillet et Dumoulin 5, rue des Grands-Augustins.

DÉSIGNATION

TABLEAUX

BONVIN

1 — Fraises.

H. 9. L. 12.

BONVIN

2 — Cerises.

H. 9. L. 12.

BONVIN

3 — Pot de géraniums.

H. 15. L. 11.

BONVIN

4 — Copie d'après Wouvermans.

L. 12. H. 9.

DIAZ

5 — Bouquet de fleurs.

H. 11. L. 9.

DUEZ

6 — Pêcheuse de crevettes.

Étude.

H. 32. L. 21.

RAYNAUD

7 — La Jeune ménagère.

H. 30. L. 23.

ROYBET

8 — Le Porte-Étendard.

H. 60. L. 43.

ROYBET

9 — Le Joueur de guitare.

H. 60. L. 49.

HEYDEN (attribué à V. D.)

10 — Entrée de village.

———

AQUARELLES ET DESSINS

BARYE

11 — Antilope.

Aquarelle.

H. 16. L. 24.

BARYE

12 — Tigre et serpent.

Aquarelle.

H. 16. L. 24.

BROWN (J. L.)

13 — Le Passage du gué.

Aquarelle.

BROWN (J. L.)

14 — Le Parlementaire.

Aquarelle.

DECAMPS

15 — Juif lisant.

Effet de lumière. Crayon rehaussé.

DECAMPS

16 — Étude au crayon noir.

GIACOMELLI

17 — Fleurs et oiseaux.

Aquarelle.

MARILHAT

18 — Vue du Caire.

Dessin au crayon.

MARILHAT

19 — Vue du Caire.

Dessin au crayon.

MILLET (J. B.)

20 — Vue des bords de la Seine et du Mont-Valérien.

Aquarelle.

MILLET (J. B.)

21 — Bords de la Seine.

Aquarelle.

MILLET (J. B.)

22 — *Bords de la Marne.*

Aquarelle.

PETTENKOFEN

23 — *Halte de bohémiens.*

Aquarelle.

SCHEFFER (Ary)

24 — *Les Contes de grand-père, tiré de W. Scott.*

Aquarelle.

R. P. B.

25 — *Halte de paysans.*

Aquarelle.

DÉSIGNATION DES OBJETS

GOUACHES ET MINIATURES

26 — Deux gouaches attribuées à de Lioux de Sa-
vignac. Paysages traversés par des cours d'eau et
animés par des personnages et des animaux.

27 — Joli dessin à la sépia, par Moreau le jeune,
1770. — Vue de la place Louis XV. Dans un
cadre en bois sculpté et doré. Au revers la gravure
du même sujet par le même.

28 — Jolie miniature gouachée du temps de Louis XV.
— Vue de Hollande en hiver.

29 — Miniature ronde sur ivoire du temps de Louis
XVI.— Sujet allégorique composé de deux figures.
Elle est montée sur une boîte en racine de buis
doublée en or.

30 — Miniatures ovales à l'huile et sur cuivre. — Por-

traits de jeune femme et de jeune homme portant des costumes à fraises du XVIᵉ siècle. Travail du temps. Cadre en bois doré à moulures.

3₁ — Miniature ovale sur ivoire. — Portrait de jeune femme en costume bleu Louis XV, garni de fourrure. Cadre en cuivre doré, garni de fleurs en argent repoussé.

3₂ — Deux jolis dessins ovales au crayon noir légèrement rehaussé. Portraits de jeune femme et d'homme de profil. Époque de Louis XVI.

33 — Miniature sur ivoire. — Portrait de la reine Marie-Antoinette coiffée d'une toque blanche garnie de fleurs et portant sur l'épaule droite le manteau bleu fleurdelisé. Cadre en bronze doré.

3₄ — Deux gouaches représentant des paysages avec quelques figures, l'une d'elles portant la signature *V. Blarenberghe fils.*

GRAVURES

35 — Lawreince.—L'Assemblée au salon et l'Assemblée au concert. Deux gravures par Dequevauviller. 1783.

36 — De Saint-Aubin. — Le Concert et le Bal paré. — Deux gravures par Duclos.

37 — Deux gravures avant la lettre. — Scènes champêtres.

38 — J. M. Moreau. — Deux pendants. — Le repas offert au Dauphin à l'occasion de son mariage avec Marie-Antoinette, et le roi Louis XVI au bal de l'Opéra.

BIJOUX

39 — Petite boîte ronde en cristal de roche taillé à cuvette et montée en argent.

40 — Bonbonnière ronde en verre blanc opaque montée en or et ornée sur le dessus d'un bouquet de fleurs en filigrane d'or. Époque Louis XVI.

41 — Statuette équestre de soldat Louis XIII en argent, doré en partie ; socle en marbre noir.

42 — Autre petite statuette de cavalier en argent, sur base dorée.

43 — Plateau carré en jade gris monté sur quatre griffes ailées en argent doré.

44 — Cuillère, fourchette et couteau à manches en porcelaine de Saxe et garnitures en vermeil.

45 — Étui-nécessaire en forme de poisson articulé en galuchat et garni en argent.

46 — Petite vache debout, en argent finement ciselé.

47 — Cadran solaire, avec boussole en argent. XVIIIe siècle.

48 — Coquille nacrée, avec perle baroque au fond.

49 — Seize boutons d'habit du temps de Louis XVI, formés chacun d'une miniature sur ivoire peinte en grisaille à figure champêtre.

5o — Lampe de poche en argent, écaille et nacre. Époque Louis XVI.

5i — Jouet d'enfant formé d'un violon mignonnette en argent gravé dont le manche se termine par une tète de femme.

5a — Tabatière ovale en bois sculpté; sujets champêtres avec personnages. Époque Louis XIII.

53 — Miroir dans un cadre carré, fermant à deux portes, en écaille incrustée de filets d'ivoire et garni en argent. Époque Louis XIII.

54 — Grande et belle montre en or de Bréguet, sonnant les heures et les quarts en passant, et à répétition. Elle est accompagnée d'une chaînette et d'une clef en or.

55 — Bas-relief en argent repoussé, représentant le Couronnement d'épines ; dans un cadre en cuivre repoussé et doré. xviiie siècle.

56 — Broche d'or en forme de croissant, ornée de neuf petits camées ovales du xvie siècle.

57 — Collier composé de cinq camées, du xvie siècle ; l'un d'eux, sur calcédoine blanche, représente le Triomphe d'Amphitrite. Ils sont reliés par des chaînettes d'or.

58 — Jolie bague d'or du temps de Louis XVI, formée d'un masque de négrillon en onyx entouré de roses.

59 — Autre bague formée d'un masque en onyx, dont la coiffure est ornée d'une rose, d'un saphir et d'un rubis.

60 — Bague ornée d'un rubis et de deux brillants, et montée en or.

61 — Bague modèle jonc en or, incrustée d'un diamant, d'une émeraude et d'un rubis.

62 — Chaîne de col formée de petites plaques d'or décorées de rosaces émaillées bleu.

63 — Collier en or de travail antique, orné d'un médaillon ovale renfermant un petit camée, tète d'impératrice romaine.

64 — Bracelet en or enrichi de huit camées du XVIᵉ siècle et de quatre plaques d'agate herborisée.

65 — Petite broche ornée d'un camée sur agate à deux couches, représentant un buste d'empereur roromain, de profil, à droite.

66 — Jolie intaille sur sardoine orientale, représentant une tète de Minerve de profil, à gauche, et signée Pikler. Elle est montée dans un cercle d'or.

67 — Camée ovale, sur agate à trois couches, représentant un groupe de quatre tètes, dont une se présente de face et les trois autres de profil.

68 — Cassolette Louis XIII, en or émaillé, enrichie de turquoises et de roses; une de ses faces représente le Triomphe de Junon.

69 — Médaillon moderne en or, enrichi de turquoises et de roses.

70 — Châtelaine de style Louis XVI, en or de cou-

leur, ciselé à trophées. Elle est accompagnée d'une
petite montre Louis XVI en or ciselé, à attributs.

71 — Bijou normand, composé d'un Saint-Esprit en
or et jargons.

72 — Bijou de col en argent et roses orné d'un camée
représentant un groupe de quatre têtes. Style
Louis XIII.

73 — Deux boucles d'oreilles en or découpé, enrichies
de petits portraits peints sur émail et de petits camées coquilles.

74 — Chaîne de montre, en or et turquoises.

75 — Deux boucles d'oreilles de style chinois, en or et
perles fines.

76 — Deux boucles d'oreilles simulant des serpents
émaillés bleu, et enrichies de roses.

77 — Deux boutons de manchettes en or et agate herborisée, enrichis de filets d'émail bleu.

78 — Deux boutons de manchettes en or émaillé, enrichis de peintures sur émail, représentant des
figures de danseurs, en grisaille sur fond rose.

79 — Deux boutons de manchettes en or, ornés chacun
d'une intaille, représentant une figure de danseuse.

80 — Bague d'or, ornée de trois turquoises entourées de petites roses.

81 — Brillant **non** monté, pesant environ quatre grains.

82 — Bague Louis XV, en or, ornée d'un petit portrait de femme peint sur émail.

83 — Montre de Bréguet, à répétition, en or, avec cadran marquant les heures et les quantièmes, et portant un petit thermomètre.

84 — Bague d'or enrichie d'un brillant solitaire.

85 — Deux boutons de manchettes formés chacun d'une améthyste montée en or.

86 — Épingle simulant une armure, ornée d'une perle baroque, montée en or, argent et roses. xviiie siècle.

87 — Épingle ornée d'un camée, tête de femme, de profil, à gauche, entouré de roses.

88 — Épingle formée d'un petit buste de négrillon en sardonyx oriental enrichi de roses.

89 — Deux petits bijoux pendantifs, l'un d'eux simulant une montre avec cadran monté en or et éme-

raudes; l'autre avec emblèmes peints sur ivoire et
entouré de roses.

90 — Deux pièces : cachet Louis XIV, en acier gravé
à buste d'homme et lion héraldique, monture
tournante en argent découpé à jour, et petite
broche en forme de clef, en or et jargons.

91 — Bracelet formé d'un cordon flexible en or, garni
d'un médaillon en or émaillé noir, enrichi d'un
camée tête de femme entouré de perles.

92 — Montre de femme en or émaillé gros bleu, enrichie de roses incrustées.

93 — Chaîne de montre en or, enrichie de petites plaques de lapis.

94 — Éventail Louis XV, à monture de nacre et feuille
peinte : attributs champêtres et amours.

95 — Éventail Louis XV à monture d'ivoire finement
sculpté, à figures et ornements. La feuille peinte
représente un groupe de deux figures.

96 — Autre éventail à monture d'ivoire rehaussée de
couleurs et feuille peinte avec décor simulant de
la dentelle. Époque Louis XV.

97 — Garniture de vingt-quatre boutons de robe en
argent à rosaces découpées à jour.

98 — Porte-bobine avec crochet, en argent ciselé à fleurs et ornements rocaille. Travail hollandais du temps de Louis XV. Il est accompagné d'une petite aumônière en cuir.

99 — Treize grands boutons d'habit en acier à pointes taillées à facettes.

100 — Huit petits boutons ornés de bouquets de fleurs en cire appliqués sur paillon bleu. Époque Louis XVI.

101 — Vingt et un boutons de robe en argent et aventurine de Venise, avec bouton en or au centre.

102 — Vingt-quatre boutons en deux dimensions, en argent ciselé à rosaces couronnées de laurier et découpées à jour. Style Louis XVI.

103 — Vingt et un boutons en nacre et passementerie.

104 — Garniture de boutons en acier, avec pointes rapportées, dont vingt-trois grands et treize petits. Époque Louis XVI.

105 — Deux couteaux pliants à dessert en nacre et or ; l'un d'eux à lame d'argent. Époque Louis XVI.

106 — Deux boucles ovales en argent, or et stras. Époque Louis XVI.

107 — Boîte ovale en argent ciselé à figures et ornements. Époque Louis XIV.

108 — Deux crochets en argent; l'un d'eux garni
d'une chaîne. xviiie siècle.

109 — Étui porte-crayon en ivoire et or, du temps
de Louis XVI. Dans un étui en galuchat.

110 — Paire de ciseaux en 'acier damasquiné d'or.
Époque Louis XVI.

111 — Dé en or et pierreries. Dans un étui en galuchat.

112 — Deux petites boîtes en argent, l'une rectangulaire à couvercle ouvrant à coulisses, l'autre ovale
du temps de Louis XVI.

113 — Bague d'or simulant un collier de chien avec
chiffre gravé sur grenat.

114 — Deux pièces : 1° Couteau pliant à lame et
manche d'ivoire, ce dernier garni de rosaces en
argent; 2° petit canif à manche formé d'une figurine d'enfant en cuivre doré.

115 — Deux pièces : petite boîte carrée en émail
cloisonné de la Chine, et petite boîte à couvercle
bombé en métal laqué.

ORFÈVRERIE

116 — Joli sucrier Louis XV en argent à côtes en spirale à deux anses rocaille ciselées et à couvercle surmonté de deux fraises.

117 — Belle cafetière en argent battu à côtes en spirale et à couvercle surmonté d'un fruit. Époque Louis XV.

118 — Chocolatière de forme analogue et de même époque. Elle est montée sur trois pieds et son manche est en bois noir.

119 — Cafetière en argent à trois pieds cintrés et manche en bois noir.

120 — Deux petits plats ronds et creux à bords festonnés portant au fond un double écusson armorié, surmonté d'une couronne de marquis. Époque Louis XV.

121 — Saucière unie à deux anses et plateau ovale en argent. Elle est accompagnée de deux doubles fonds.

122 — Légumier Louis XVI à deux anses en argent

uni, avec couvercle surmonté d'une graine s'échappant d'une rosace ciselée.

123 — Sucrier ovale en argent repoussé à tores de lauriers et à deux anses mufles de lion. Travail hollandais du temps de Louis XVI.

124 — Flacon à thé de forme carrée en argent repoussé à rosaces et feuilles. Mèmes travail et époque.

125 — Petit plateau ovale en argent repoussé à fleurs, draperies et perles. Travail hollandais du temps de Louis XVI.

126 — Petite corbeille ovale à contours en argent repoussé à ornements et offrant au fond un dindon. xviii siècle.

127 — Trois pièces provenant d'une garniture de toilette en argent gravé à festons de lauriers et bords ornés de feuillages en relief: 1° Boîte oblongue pour brosse, et 2° deux boîtes rondes à poudre. Travail français du temps de Louis XV.

128 — Écuelle ronde à deux anses plates en argen ciselé à festons de laurier et ornements. Le couvercle repoussé est décoré de rosaces et de festons de lauriér, et il est surmonté d'une rose xviii siècle.

129 — Deux raviers en cristal taillé, montés sur pied et à anse formés de branches de vigne en argent ciselé.

130 — Théière ovale avec plateau en argent gravé, à couronnes de fleurs. Travail anglais.

131 — Porte-mouchettes à festons de fleurs gravés et ornements découpés à jour. Même travail.

132 — Plateau en argent en forme de feuille. Travail hollandais.

133 — Petite coupe en forme de navire en argent repoussé et doré, montée sur roulettes.

134-135 — Deux petites coupes ovales à contours et à deux anses en argent repoussé et doré à paysages et feuilles. Époque Louis XIII.

136 — Petite cafetière Louis XV en argent à côtes en spirale.

137 — Petite saucière à une anse et à trois pieds bas en argent repoussé à fleurs, ornements et animaux. Travail hollandais.

138 — Saucière de forme analogue décorée de fleurs et d'ornements en relief. Travail anglais.

139 — Petite cafetière en argent uni sur trois pieds cintrés et manche en bois noir.

140 — Pot à crème sur trois pieds bas en argent repoussé à fleurs et ornements. Travail hollandais du temps de Louis XV.

141 — Noix de coco montée à deux anses et piédouche en argent.

142 — Deux bouts de table Louis XVI en argent dont le pourtour et les pyramides sont découpés à jour.

143 — Deux plats creux, oblongs et à contours en argent, avec moulures au bord. Époque Louis XVI.

144   Petit plat creux ovale en argent, avec moulure ornée au bord.

145 — Grand plat ovale en argent, avec bordure à filets.

146 — Deux grands plats ronds de même modèle.

147 — Plat analogue à ceux qui précèdent, mais plus petit.

148 — Ménagère en argent, modèle à branches de vigne, serpents et ornements. Travail hollandais.

149 — Six dessous de carafe en argent à bords festonnés, ornés de feuillages et d'ornements. Travail de chez Odiot.

150 — Moutardier et deux salières de style Louis XVI en argent, avec cuillères en vermeil; de chez Odiot.

151 - Deux couteaux Louis XVI à manches et lames d'argent.

152 — Cuillère à sucre du temps de Louis XVI en argent.

153 — Trois pièces en argent : pinces à sucre en forme de ciseaux et deux attelets de travail anglais, surmontées de lions héraldiques.

154 — Douze couteaux de table du temps Louis XVI à manches de nacre et argent, et lames d'acier.

155 — Petit plat rond en argent, à bord godronné.

156 — Sucrier ovale du temps de Louis XVI en plaqué. Il est décoré de festons de lauriers et de rosaces gravées. L'intérieur est en verre bleu.

157 — Curieuse cuillère en argent, avec paroi découpée à jour et traversant le cuilleron dans le sens de la longueur. Travail anglais.

158 — Cuillère à très long manche, garni à son ex-
trémité d'une médaille du roi Louis XIV.

159 — Cuillère à punch en argent repoussé à feuillages et orné d'une médaille du roi Georges II d'An-
gleterre. Manche en bois.

160 — Petit bougeoir à main en argent du temps de
Louis XIV portant deux écussons armoriés gravés.

SCULPTURES
ET OBJETS VARIÉS

161 — Bois. — Haut-relief rectangulaire représentant
le Portement de croix; composition de douze
figures. Époque Louis XIII.

162 — Bois et ivoiré. — Haut-relief applique représentant un jeune garçon faisant la chasse aux escargots.
Les chairs sont en ivoire. xviii° siècle.

163 — Buis. — Bas-relief rectangulaire en hauteur
représentant le petit saint Jean en adoration devant
l'enfant Jésus. Dans le haut, deux anges portant la
croix. xvii° siècle.

164 — Os. — Bas-relief par Graillon 1855. Famille de
mendiants.

165 — Couteau à manche d'ivoire finement sculpté à figures d'enfants et festons de fruits xviiie siècle.

166 — Six petits modèles d'instruments dont trois mandolines, deux guitares et une harpe, des xviie et xviie siècles.

167 — Support vénitien en fer doré, modèle à trépied et rinceaux.

168 — Support analogue à celui qui précède.

169 — Paire de ciseaux en acier damasquiné d'or. Époque Louis XVI.

170 — Petit couteau de poche à manche incrusté de nacre et de cuivre.

171 — Petit thermomètre Louis XV dans un cadre en bois sculpté et doré avec ornement découpé à jour à sa partie supérieure.

172 — Calendrier formé d'un cadre en bois sculpté et doré surmonté d'un trophée d'armes. Époque Louis XVI.

173 — Boîte ronde en ancien laque d'or du Japon décoré de fleurs et de feuillages.

174 — Brûle-parfums de forme surbaissée et à pans

en ancien laque usé du Japon à fleurs sur fond
noir. Le couvercle est surmonté d'un papillon en
cuivre gravé.

175 — Deux petites tasses avec soucoupes en laque
très finement incrustées de burgau. Travail japonais.

176 — Trois pièces en laque noir du Japon décorées de
fleurettes d'or : Petit plateau oblong, petite boîte
ronde et boîte très plate rectangulaire.

177 — Deux petits tableaux brodés en soie de couleur
et or, à sujets tirés de la comédie italienne, avec
cadre en bois sculpté. Époque Louis XV.

FAIENCES

178 — Deux petits plateaux ovales à côtes en ancienne
faïence de Marseille à décor de paysages et insectes
en camaïeu vert.

179 — Deux assiettes en faïence de Milan à fleurs en
relief et décor polychrome.

180 — Assiette en faïence de Savone, décor polychrome à figures et monuments.

181 — Deux compotiers ronds à côtes et à bords dentelés en faïence, décorés d'arbustes et d'oiseaux en camaïeu carmin.

182 — Assiette en faïence de Rouen, décor polychrome de style chinois.

183 — Tasse haute avec culot godronné et soucoupe en ancienne faïence de Moustiers, décor bleu dans le goût de Bérain.

184 — Sucrier oblong à deux anses décorés de bouquets de fleurs polychromes.

PORCELAINES DE CHINE

185 — Trois jolis petits vases en forme de balustre en ancienne porcelaine craquelée gris de la Chine avec ornements en relief émaillés brun. Ils sont garnis en bronze doré.

186 — Pitong formé d'un tronc de bambou en céladon bleu turquoise. Socle en bois.

187 — Curieuse boîte ronde et aplatie en ancienne porcelaine de Chine, à figures et fleurs en relief, émaillées blanc et brun sur biscuit. La gorge en cuivre découpé et doré est de travail français.

188 — Deux jolis petits vases en forme de gourde à
pans en ancienne porcelaine de Chine, décorés en
émaux de la famille verte à figures, fleurs, ornements et animaux.

189 — Deux flacons carrés de même porcelaine, à fond
rouge rehaussé de dorure et à médaillons de
paysages et fleurs, décorés en émaux de la famille
verte.

190 — Deux bouteilles à col renflé, en ancienne porcelaine du Japon, décor bleu à fleurs et ornements.

191 — Joli cornet à panse renflée, en porcelaine de
Chine, décoré de fleurs, de rochers et d'oiseaux en
émaux de la famille verte. Socle en bois.

192 — Vase ovoïde et à deux anses têtes d'éléphant,
en porcelaine de Chine, décor bleu à dragons sur
un bandeau médian et ornements à la base.

193 — Deux lampes montées dans des bouteilles, en
ancienne porcelaine de Chine, décorées de paysages et de personnages. Elles ont été montées en
bronze doré par Gagneau.

194 — Deux jardinières rondes avec plateaux en ancienne porcelaine de Chine émaillée bleu et décorées de paysages en or.

195 — Jardinière ronde et évasée, en ancienne porcelaine craquelée de la Chine, garnie d'une monture en bronze doré à anses têtes chimériques de style chinois.

196 — Jolie petite coupe ronde, en ancienne porcelaine de Chine, décorée en émaux de la famille verte, à fleurs, dragons, oiseaux et ornements. Elle est montée sur quatre pieds bas en bronze ciselé et doré de style Louis XVI.

197 — Joli vase formé de deux balustres accouplés, en porcelaine de Chine, décoré de scènes de la vie privée, et offrant haut et bas une bande amarante finement gravée au trait. Règne de Kien-Long.

198 — Petit vase cylindrique en porcelaine craquelée gris de la Chine.

199 — Plat rond, en ancienne porcelaine de Chine, à décor en émaux de la famille rose. Au centre et au marli, plantes aquatiques et canards.

200 — Quatre plats ronds, en vieux Chine, décorés de fleurs en rouge de cuivre et or.

201 — Deux petits plats ronds, en vieux Chine, décorés de fleurs et d'ornements en émaux de la famille rose.

202 — Quatre plats ronds, en ancienne porcelaine de

Chine gaufrée, et portant au marli un écusson armorié émaillé en couleurs et or.

203 — Deux plats ronds, en ancienne porcelaine de
Chine, décor bleu à fleurs et ornements.

204 — Deux plats de même porcelaine, décor bleu à
rosaces au centre et fleurs au marli.

205 — Deux plats ronds, en vieux chine, décorés en
émaux de la famille rose. Au fond, fleurs et vase
de fleurs ; au marli, lambrequins ornés.

206 — Deux plats à contours, de même porcelaine et
de décor analogue.

207 — Deux petits plats octogones, en ancienne porcelaine de Chine, décorés en émaux de la famille
verte à fleurs, oiseaux et ornements.

208 — Deux plats de même forme et de même porcelaine, décorés de paysages émaillés en couleurs.

209 — Deux plateaux ronds à bords lobés, en vieux
chine jaspé, légèrement craquelée et émaillée bleu
uni.

210 — Deux plats ronds, en ancienne porcelaine du
Japon, à décor de fleurs en bleu, rouge et or.

PORCELAINES DIVERSES

211 — Deux grands plats ronds à bords festonnés en ancienne porcelaine de Saxe, à fleurs et insectes de style chinois.

212 — Grande cafetière et quatre tasses avec soucoupes en ancienne porcelaine de Saxe à bords rouge brique imbriqué d'or et décor de paysages avec personnages.

213 — Pot à eau forme hanap avec cuvette en porcelaine de Berlin décorés de fleurs peintes.

214 — Sept tasses à anses avec soucoupes en ancienne porcelaine de Saxe décorées de sujets champêtres avec grandes figures.

215 — Quatre raviers oblongs et à contours en vieux saxe, décorés de fleurs.

216 — Quatre plats carrés et triangulaires à contours en ancienne porcelaine de Vienne à bords gaufrés et décor de fleurs.

217 — Deux plats ronds et deux raviers en porcelaine de Vienne, décorés de fleurs.

218 — Soupière oblongue avec couvercle et plat de même porcelaine et de décor analogue.

219 — Tasse droite avec soucoupe en vieux sèvres, pâte tendre, décorée de festons de fleurs et portant la lettre R exécutée à l'aide de roses peintes. Époque Louis XVI.

220 — Six coquetiers en vieux sèvres, décorés de fleurs, dont deux en pâte tendre.

221 — Deux vases pots-pourris de forme ovoïde en porcelaine tendre et blanche de Chantilly à imbrications et branches de fleurs en relief.

222 — Deux flambeaux Louis XVI, formés chacun d'un petit socle carré en ancienne porcelaine de Saxe, décoré de fleurs supportant une branche porte-lumière à rinceaux en bronze doré.

223 — Petite pendule Louis XVI en biscuit; Jeune fille à l'oiseau.

224 — Petite tasse droite avec soucoupe en porcelaine dure de la *Manufacture de Mgr le duc d'Angoulême, à Paris*, décor dit bleu barbeau.

225 — Deux tasses trembleuses avec soucoupes et à deux anses formées de dauphins en ancienne porcelaine de Venise, décorées d'oiseaux et de fleurs.

226 — Théière, flacon à thé et tasse haute avec soucoupe en ancienne porcelaine de Nymphenburg, décorés d'oiseaux, de fleurs et d'ornements.

227 — Sucrier sans couvercle en ancienne porcelaine de Sèvres, pâte tendre, décoré de jetés de fleurs.

228 — Six tasses avec soucoupes en ancienne porcelaine de Copenhague, décorés d'une zone marbrée, de draperies et de jetés de fleurs.

229 — Six tasses avec soucoupes en porcelaine de la Haye, décorées d'une couronne de fleurs.

230 — Coupe de forme ovoïde en porcelaine de Berlin à fond d'or et sujets mythologiques peints en couleurs et supportée par trois figurines d'enfants en ronde bosse.

231 — Seau en porcelaine italienne du temps de Louis XV à anses formées d'ornements rocaille et décor polychrome à fleurs.

232 — Deux petits paniers à anse surélevée en porcelaine italienne, décorés de fleurs.

233 — Deux petits flambeaux, modèle à colonne, en porcelaine dure, décorés de fleurs et d'ornements.

BRONZES D'ART

234 — Beau groupe en bronze par BARYE. Cheval attaqué par un lion. Patine vert foncé.

235 — Autre beau groupe par Barye. Thésée combattant le Minotaure. Patine vert foncé.

236 — Petite statuette équestre de Henri IV. Bronze du temps. Patine brune. Socle en bois.

237 — Autre petite statuette équestre, celle-ci en bronze doré. Personnage portant le costume du XVI siècle. Socle ovale en bois noir.

238 — Deux figurines de guerriers debout. Bronzes italiens du XVI siècle. Sur socles en marbre.

239 — Deux figurines en bronze : Paysan et Joueur de musette. XVII siècle.

240 — Figurine de Jeune Fille assise tenant deux colombes. Bronze Louis XVI, sur socle en granit orbiculaire de Corse.

241 — Quatre petits bustes en bronze doré du temps de Louis XVI sur socles en marbre griotte d'Italie : La Fontaine, Corneille, Voltaire et Rousseau.

242 — Petit groupe en bronze composé de deux figures d'enfants jouant. Sur socle en porphyre rouge oriental. Époque Louis XVI.

243 — Très petit buste de femme en bronze doré. xvie siècle. Sur socle en marbre et bronze doré du temps de Louis XVI.

244 — Statuette de sybille en bronze sur socle en marbre. xvie siècle.

245 — Deux figurines d'enfants en bronze : Joueur de vielle et Joueur de tambourin. Sur socles en marbre. Époque Louis XVI.

246 — Petit groupe en bronze par Barye. Patine verte. Ours découvrant un nid.

247 — Bas-relief en bronze : Sainte Famille. xviie siècle. Cadre en bois noir et filets dorés.

BRONZES DE L'ORIENT

248 — Brûle-parfums oblong à quatre pieds bas et à deux anses en bronze, avec socle et couvercle en bois de fer. Ce dernier est garni d'un bouton de cornaline blanche et rouge. Travail chinois.

249 — Deux brûle-parfums oblongs en bronze à médaillons animaux en relief et couvercles surmontés de chimères. Travail japonais.

250 — Vase en forme de balustre renversé en bronze à branche de pêcher en relief. Patine verte.

251 — Très petit vase chinois en bronze, incrusté d'or et d'argent.

252 — Presse-papier formé d'une tortue. Ancien bronze chinois.

253 — Jardinière rectangulaire en bronze. Travail chinois.

254 — Plat rond en vieux chine, décor polychrome à fleurs et vase de fleurs.

BRONZES D'AMEUBLEMENT

255 — Jolie pendule du temps de Louis XVI en marbre blanc, ornée de deux cariatides de femmes en bronze vert et de guirlandes de fruits et de fleurs en bronze ciselé et doré au mat. Elle est surmontée d'un vase oblong à deux anses.

256 — Deux candélabres Louis XVI formés chacun

d'un vase supporté par quatre pieds à têtes de boucs, et d'où s'échappent trois branches à rinceaux porte-lumières, le tout en bronze doré et socle en marbre blanc.

257 — Deux petits flambeaux Louis XVI en bronze doré et marbre blanc, modèle à trépied orné de têtes de boucs et vase sphérique.

258 — Deux chenets Louis XVI en bronze doré, modèle à vases et galeries ornées de festons de feuillages de chêne.

259 — Deux jolis petits bras à deux lumières du temps de Louis XVI en bronze ciselé et doré, modèle à rinceaux et chaînettes.

260 — Deux jolis chenets du temps de Louis XVI en bronze ciselé et doré, formés chacun d'un lion couché sur un socle cintré, orné de guirlandes de lauriers.

MEUBLES

261 — Meuble de style Louis XVI arrondi à ses extrémités, en bois d'acajou avec frise d'ornements en bronze ciselé et doré et fermant à trois portes vitrées, séparées par des colonnes ornées de canne-

lures en cuivre poli. Le dessus est formé d'une
tablette de marbre blanc.

262 — Deux jolies petites tables étagères à trois tablettes
et à deux tiroirs en bois d'acajou, à ornements découpés à jour et garnies de quelques ornements
de bronze ciselé et doré. L'une d'elles date de
l'époque Louis XVI.

263 — Jolie bibliothèque Louis XVI en bois d'acajou,
garnie d'ornements en bronze ciselé et doré ornée
de montants cannelés aux angles et fermant à
deux portes pleines dans le bas et vitrées dans le
haut.

264 — Jolie vitrine circulaire avec montants en acajou à cannelures garnies d'asperges en bronze ciselé et doré. Les trois tablettes sont en marbre
blanc et le dessus également en marbre est orné
d'une galerie en cuivre doré découpé à jour. Époque Louis XVI.

265 — Joli guéridon à double tablette en brocatelle
d'Espagne, monté à trépied en bronze doré à griffes de lion et enroulements garnis d'anneaux mo-
biles. Époque Louis XVI.

266 — Cartel et baromètre appliques du temps de
Louis XVI en bois sculpté et doré, composés de
branchages, de couronnes et de branches de lauriers,

de flambeaux, de carquois et surmontés d'un vase oblong simulant une lampe. Ces deux pièces se font pendants.

267 — Trois consoles de suspension en bois sculpté peint en noir et rehaussé de dorure de style Louis XVI. Elles se composent de plateaux rectangulaires avec bandeau orné, supporté par des consoles reliées par des festons de fleurs.

268 — Table tric-trac du temps de Louis XVI en bois d'acajou et de citronnier à pieds carrés et formant bureau.

269 — Bibliothèque de style Louis XVI en bois d'acajou, ornée de colonnes, cannelées de cuivre aux angles et fermant à deux portes vitrées.

270 — Écran à tablette du temps de Louis XVI, modèle à colonnes en bois d'acajou et moulures de cuivre poli.

271 — Grande glace avec cadre en bois sculpté et doré surmontée d'un trophée d'instruments de musique, de festons de fleurs et de rubans. Époque Louis XVI.

272 — Glace avec cadre en bois sculpté, doré en partie. Elle est surmontée d'un fronton décoré d'un vase de fleurs et de rinceaux.

273 — Glace analogue à celle qui précède.

274 — Petite glace à biseaux, de forme rectangulaire
en hauteur, avec cadre en bois sculpté et doré, et
surmonté d'un trophée composé d'un flambeau et
d'un carquois. Époque Louis XVI.

275 — Table de nuit de forme ovale en bois d'acajou
garnie de rangs de perles en cuivre doré et à dessus
de marbre blanc. Époque Louis XVI.

276 — Chiffonnier Louis XVI en bois de rose, orné
d'une frise et de rosaces en bronze ciselé et doré ;
dessus de marbre veiné.

277 — Petit modèle de commode en bois de placage.
Époque Louis XVI.

278 — Petit cabinet en bois d'ébène avec porte à
abattant, ornée, ainsi que le dessus et les côtés,
de camées encadrés de filigrane d'argent. A l'intérieur de la porte, une plaque d'argent portant des
armoiries gravées. Époque Louis XIII.

279 — Table à ouvrage du temps de Louis XV, en
bois de rose garnie de quelques ornements de
bronze doré. Elle est à trois tiroirs.

280 — Joli petit bureau du temps de Louis XVI,
forme dite bonheur du jour, en marqueterie de

bois à trophées d'instruments de musique, colombes et rosaces sur fond de bois de rose. Il est décoré sur toutes ses faces et garni de quelques ornements de bronze doré.

281-282 — Deux chaises basses entièrement couvertes d'étoffe en soie bleu clair brochée à fleurs du temps de Louis XV.

283 — Jolie petite console Louis XVI en bois sculpté et doré, sur pieds à cannelures en spirale et à dessus de marbre blanc.

284 — Petite table rectangulaire à dessus de marbre blanc, et pieds découpés et plaqués de bois satiné. Le dessus est encadré d'une galerie de bronze, découpée à jour. Époque Louis XVI.

ÉTOFFES

285 — Trois paires de rideaux en tapisserie d'Aubusson à fleurs et rinceaux sur fond blanc et encadrements ponceau.

286 — Tapis de salon en tapisserie d'Aubusson à riche décor de fleurs, festons de laurier, rinceaux et ornements sur fond gris et bordure à fond bleu clair.

287 — Joli tapis de table en toile, brodé à figures, fleurs et ornements en soie de couleurs. Ancien travail persan.

288 — Tapis d'Orient pour foyer à fond varié de nuances.

289 — Deux morceaux de tapisserie au point du temps de Louis XIV à personnages, pour sièges.

290 — Garniture de canapé de même travail. Le dossier et le siège ont été agrandis.

291 — Petit tapis de table orné de bandes de filet brodées en soies de couleurs et de bandes de guipure.

292 — Coupe d'étoffe de soie Louis XVI à bandes de fleurs et bandes rosées.

293 — Tapis de table en velours de Gênes à riche dessin ponceau sur fond jaune.

294 — Tapis de table, en tapisserie d'Aubusson, à couronne de fleurs sur fond clair et encadrement ponceau décoré de trophées, de guirlandes de fleurs et de rinceaux.

DENTELLES ET GUIPURES

295 — Point d'Alençon. — Long., 2 m. 3o cent. Haut. 65 mill.

296 — Point d'Alençon. — Long., 1 m. 35 cent. en trois coupes.

297 — Belle guipure de Venise. — Long., 3 m. en trois coupes. Haut. 78 mill.

298 — Belle coupe de guipure à fleurs arabesques. Long., 3 m. 25 cent. environ. Haut. 9 cent.

299 — Bande de guipure étroite. — Long., 2 m. 25 cent. environ.

3oo — Encadrement de coussin en guipure plate.

3o1 — Coupe de dentelle de 2 m. 6o cent. de long et 23 cent. de haut.

3o2 — Diverses coupes de dentelle de 12 cent. de haut.

3o3 — Curieux coupon de dentelle à dessin composé

de rinceaux, fleurs et cerf courant. Long. environ
4 m.

304 — Deux petites coupes de dentelle en deux
dessins.

RED.:

16

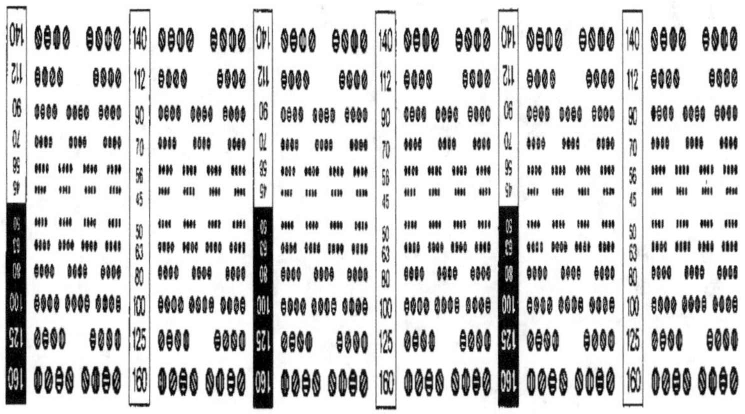

MIRE ISO N° 1
NF Z 43-007
AFNOR
Cedex 7 - 92080 PARIS-LA-DÉFENSE
graphicom

0 1 2 3 4 5 6 7 8 9 10